AF349704

LE MILAN MĀLADE,

FABLE ALLEGORIQUE

en vers

BRULESQUE.

A COLOGNE,
Chez les Heritiers de PIERRE MARTEAU. 1700.

LE MILAN MALADE,

Fable Allegorique en vers Burlesques.

UN Pécheur moribond n'eſt-il pas un infame,
   Quand la peur de mourir luy trouble le cerveau;
Et qui dans cet état abandonne ſon Ame,
Pour ſe faire une horreur de ſon futur tombeau?

DAns un jeune Milan la Chaleur Naturelle
   N'alloit en dandinant que comme une haridelle.
Le foye, & les poulmons, l'eſtomac, & le cœur,
Eſtoient pourris, féchez, craſſeux, & ſans vigueur,
Et leur intempérie à la Clef de Nature
      Batoit fauſſe meſure.
Un Bémol languiſſant dérégloit les reſſorts,
De ces feux agiſſants qui fatiguent les corps.
Les Canaux enrouillez oſtuſquoient l'harmonie
De la proportion qui trame nôtre vie :
Les éléments brouillez ſe faiſoient des Procez,
Qui cauſoient au Milan de violents accez.
Dans la maſſe du ſang ce n'étoit que desordre,
Et la mort qui tout mord, n'en vouloit point démordre.

Le

Le Malade avoit peine a pouvoir respirer,
L'estomac engonflé ne pouvoit digérer :
La Circulation n'alloit que d'une fesse,
Demoment en moments il tomboit en foiblesse,
Et quand on luy donnoit juleps, ou cordiaux,
C'étoit tirer, en vain, sa poudre à des moineaux,
Les yeux tout a batus, une fievre pourpreuse,
La langue noire, & séche, une voix langoureuse,
Tes transporter au cerveau, sans prendre aucun repos,
Faisoient voir qu'au galop s'approchoit ATROPOS
Ces sizeaux a la main, comme une furibonde,
Pour envoyer l'oiseau loger en l'autre monde
Au ventre du cahos d'ou nous sommes sortis,
Aussi bien les plus grands, comme les plus petits.

Chimistes, charlatans, & tritteures de vérole
Et des purgons toute l'Ecole
Fleurants, & tirepets, plus humble, que sçavants
Faiseurs de révérance, & de doux compliments,
Furent tous appellez pour consulter ensemble,
Et pour dire au Milan tout ce que bon leur semble.

Tirepet proposa sept, ou huit cordiaux,
Et force lavements a rincer les Boyaux,
Beaucoup de purgatifs pour expulser la bile,
Qui rendoit le Milan si jaune, & si debile,
Des Sirops, des Extraicts, & d'autres potions,
Teinture de corail, & des confections,
Ptisanes, restaurans, conserve pectorale,
Qu'il faudra nuit & jour que le Malade avale.

Le Turc Chirurgien vient parler a son rang,
Qui propose le fer, le costic, & le sang,
Des pigeons éventrez sur la tête rasée
Pour soulager, dit-il, la cruelle embrasée,
Du pauvre patient, & comme a l'Espagnol
Appliquer un cautére a la nuque du col,
Trois, ou quatre sétons, & des vessicatoires.

Mais

Mais si le mal étoit au fond des Génitoires,
Qu'il avoit un Syrop, valant dix mille écus,
Dont MERCURE a guéri plus de vingt fois VÉNUS,
Remede souverain, & le meilleur du monde,
Pour chasser la verole une lieue a la ronde,
Et pour guérir les maux, des le premier abord,
   Dont le moindre, est la mort.

  Le Docteur Médecin qui sçavoit Hipocrate
Mieux qu'Hipocrate même, en luy tâtant la rate
   Le bas ventre, & le poulx,
Courage, mon ami! luy dit-il, qu'avez vous?
Parlez moy franchement, le MILAN luy replique,
Une rude migraine, avec une colique,
Ce n'est rien, ce n'est rien, répond le Medecin
Avalez des Bouillons, ne beuvez point de Vin,
Vous irez dans le Temple, au plus tard, dans huitaine,
Ma foy, dit le Milan, j'ay bien peur qu'on m'y méne
Auparavant deux jours, cloüé dans du sapin,
Puis que je m'apperçoit que je tire à la fin :
Au cheuet de mon Lit, SATURNE me menace
Qui me montre les dents, qui me fait la grimace
Aïlé comme un VAUTOUR, une faux a la main,
Un sable sur son front, & d'un regard hautain,
Se tenant à l'afû comme un Loup à la quête
Me veut faire aujourd'huy l'object de sa conquête,
Retirez vous, Docteur! qui faites le sçavant,
Depeur que ce bourreau ne vous en fasse autant :
Si vous venez ici luy râvir sa pratique,
D'un regard effroiable il vous fera la nique,
Et ce vieux affamé s'excrimera si bien,
Que tous les Médecins ne serviront de rien :
Leur Grec, & leur Latin, & tous leurs Aphorismes,
Leur font faire souvent d'étranger Barbarismes,
SATURNE va son train, rien ne peut l'arrêter,
Et vos médicaments sont bons pour l'irriter,
Pour nous forcer aussi de prendre nôtre gite
Dans son Palais affreux, vingt, ou trente ans plus vîte :
A 3

En

En moins d'un tourne-main il facle avec fa faux,
Ignorants, & Docteurs, & pareils animaux,
Quand il eft affifté de Pefte, & de famine,
De guerre, & de chagrin, de procez, & rapine,
Qui font les Partifans de ce Dieu de la mort,
Preneur de Nautonniers arrivez à bon port,
Echapez par hazard du fein de Néréide,
Qu'il envoye aux Enfers par la fievre putride :
Ou par d'autres moyens, dont cet Efprit malin
Se fert, pour nous haper, & pour nous prendre au crin;
En combatant fi bien de fa faux acérée,
Que tel danfe au matin, qui meurt dans la foirée.
Dites moy donc, Monfieur, fi je n'aurois pas tort,
De croire qu'un Docteur feroit trembler la mort,
Son Horloge eft réglée, & quand il faut qu'on meure,
On ne l'arrête pas feulement d'un quart d'heure,
On la peut avancer, SATURNE eft toûjours preft,
De profiter du temps, & d'aller fans arreft,
Il ne recule point, il court bride abatuë,
Ou comme un éprevier, qui fur un geay fe ruë,
C'eft pourquoy je conclus que vôtre faculté,
Ne fe foutient partout que par fa vanité.

Monfieur Fleurant luy dit, treve de raillerie,
Il faut des Medecins dans chaque Infirmerie,
Leur prefence confole, & foulage les maux
      Des pauvres animaux,
En les flatant, du moins, d'erreur, & d'efpérance
Qu'on va (s'il plaît à Dieu) leur donner alégeance,
Car un bon Médecin fait fon dernier effort,
D'effacer fagement les horreurs de la mort.
Aprés le MARABOU *, contrefaifant le fage,
Fait proche fon malade un autre Perfonnage
Pour amufer l'Efprit, & le bien fatiguer,
Lorfque le moribond eft preft d'extravaguer.

Le Milan étourdi, ne fçachant plus que faire,

Luy

* Marabou, *eft un Prêtre Mahometan.*

Luy dit, retirez vous, qu'on appelle ma Mére :
D'abord qu'elle paroît, le triste moribond,
Huyant de grands sanglots, tout en larmes se fond :
Invoquez Jupiter, ma Mere ! je vous prie,
Offrez luy tous nos biens, s'il me sauve la vie :
Je languis, je me meurs, je voy desja CARON,
Qui prepare avec soin son funeste AVIRON :
Mon Ame desolée ira dans trois quarts d'heure,
Dans le sein de la Lune établir sa demeure,
Et mon corps languissant, qui luy servoit d'étui,
Dans un trou plein devers, sera mis aujourd'hui,
Et mon *Cygist* plaqué contre un pilier d'Eglise,
Servira de Trophée à ma vaine sotise,
Avec des mots gravez qui ne servent de rien,
Qu'à dire que j'étois, Jadis, Milan de bien,
Tout cela vanité, mais ces extravagances
De nos péchez, du moins, sauvent les apparences.
Si vous pouviez pourtant jetter du sable aux yeux,
De ces divinitez qui logent dans les Cieux,
Et leur persuader que j'ay l'ame dévôte,
Qui n'ay contre leurs loix commis aucune faute,
Enfin les conjurer par vos saincts compliments,
De prolonger ma vie encor pour cinq cens ans,
Ne pouvant me resoudre à faire une retraite,
Où le plus Grand Docteur passe pour une bête,
Promettez leur bien fort que je m'amanderay,
Peut être obtiendrons nous, du moins, un référé *.

    Tu crois donc que les Dieux, luy repliqua la mére,
Se laissent prévenir par la simple Priere,
Et qu'une Pécheresse infirme comme moy
Pourroit te soulager, & te sauver sans toy :
Qui voudroit se vanter de sauver un coupable,
S'il a toûjours vécu comme un abominable,

A 4

Je

* *Raport que fait un Conseiller, au Juge commis des difficul-*
tez & des contestations, qui se sont formées devant lui, lors
qu'il a fait un procez verbal, pour y étre fait droit par sa Com-
pagnie.

Je doute s'il est temps à deux doigts du trepas,
Depleurer ses pechez depeur d'aller en bas :
Invoquer Jupiter sans Amour, mais par crainte,
Si c'est une vertu, c'est une vertu feinte.
Mais tu n'es par le seul tombé dans cette erreur,
Qui flates Jupiter d'un bel extérieur.
Souffre mon pauvre enfant tes hipocrites larmes,
Pour un Dieu courroucé n'ont ni vertu, ni charmes,
La crainte demourir n'est qu'un poison secret
Pour du Tartare afreux avancer le trajet,
Tant deprécautions pour chicaner ta vie
Augmentent nuit, & jour ta triste maladie,
Et cependant la mort qui va toûjours son train,
T'enlevera plutost aujourd'huy, que demain.

Je voudrois, dit le Filz, avoir vêcu plus sage
Vous devriez toute fois tenir autre langage
N'irritons point les Dieux, ce sont de bonnes gents,
Que nous apaiserons avec un peu d'encens :
Invoquez seulement la Majesté Jupine,
Que je vive sur terre à la MATHUSALINE,

O maudit penitent ! à quoy donc pense tu ?
On est recompensé, suivant qu'on à vêcu,
Luy dît, sans le flater, cette prudente Mére,
Les Dieux sont contre toy diablement en colére,
Jupiter lanceroit ses foudres contre moy
Si je m'émancipois de luy parler pour toy.
Te souviens tu, Pecheur ! qu'aux jours des sacrifices,
Tu joüois au Brelan avecque tes complices,
Et lorsque, sans souci, tu crevois de santé,
Que tu vivois en chien, comme un enfant gâté :
Sans respect, & sans foy, sans pudeur, & sans honte,
Comme ces Libertins que jamais on ne dompte,
Que te reprimandant tu rompois mon propos,
Tu me hochois la tête, & me tournois le dos,
Chantant RELON TONTON, avec tel badinage,
Comme si j'eusse été quelque Mére peu sage :

Tu

Tu noiois dans mes pleures, comme un enfant perdu,
Par un brutal mépris, le respect qui m'est deu.
A present que tu meurs, tu gemis, & tu cries,
Tu fais le bon bigot, à jointes mains tu pries,
Tu veux offrir nos biens à de rusez caffards,
Qui sont de Francs Taupins, pour donner des canards,
Qui te vendront le ciel à double, & triple usure,
Par leur Hipocrisie, & par leur imposture,
Comme si Mahomet vouluft vendre à l'Encan,
Son plaisant Paradis décrit dans l'Alcoran :
Ou que son Marabou en Démonomanie
Puft luy vendre le ciel par une Simonie.
Restituë à celuy dont tu retiens le bien,
Sans le donner à ceux à qui tu ne dois rien :
Ces trésors dont JUPIN t'a fait dépositaire,
Pourquoy les luy donner, s'il n'en à pas affaire ?
C'est luy qui donne tout, qui n'à besoin de rien,
Mais le Diable, au contraire, atrape tout le bien.
Si ta dévotion étoit humble, & profonde,
Tu devoit t'en servir, quand tu vivois au monde :
Au fort de ta Santé, soulager l'indigent
Partageant avec luy ton pain, & ton argent,
En ce cas, Jupiter, qui sçait rendre Justice
A tes sincéres voeus auroit été propice :
Mais de croire qu'un Dieu se laisse embeguiner,
Au lieu de m'écouter, m'enverroit promener,
Je passeroit chez luy pour une ridicule
Si je voulois luy faire avaler la pilule :
Déguise toy, mon Filz ! fais le Milan de bien,
Contrefais, si tu veux, le fourbe Italien
Qui ne peut prier Dieu, s'il ne change en grimace
     Tous les Articles de sa face,
Tournant, & revirant, en main, son chapelet,
     Comme un Joüeur de Gobelet :
Fais semblant de pleurer, courbe bien bas l'échine,
Frape d'un coup de poing ta dolente poitrine,
Donnes toy des soufflets comme les Polonois,
Fais plus d'austéritez que les Moines Chinois,

A 5

Dif-

Difpenfe tes tréfors aux gens de ton Eglife,
  Jufques à ta chemife :
Dans cet état mortel, à deux doigts du trépas
Tu pleures tes pechez comme pleura JUDAS.
ENFIN confole toy, je veux bien que tu fçaches,
  Qu'il eft trop tard que tu t'attaches,
A faire le Bigot dans ton extrémité,
Quand le Ciel eft témoin de ton impiété,
Qui connoît le détail, & mieux que tu ne penfe,
Des replis de ton cœur, & de ta Confçience,
Si tu ne te voïois reduit au lit mortel,
  Tu fouillerois encor l'autel.
VOILA mes fentiments, il eft temps qui j'acheve
En te difant, mon Fils! que tes remords de Gréve,
Ne font plus de faifon, ne fongeons qu'à du deuil,
Et de te préparer un fuperbe cercueil,
Pour y mettre en repos ta haute extravagance,
De même qu'aux defunts d'une illuftre naiffance,
Et dont le monument n'eft qu'une vanité,
Pour immortalifer une mortalité :
Il n'importe pourtant il faut fuivre la mode,
Et du portrait d'un mort en faire une Pagode,
D'un marbre bien taillé qui coûte force argent,
Au lieu d'en foulager le prochain indigent,
Mais c'eft pour faire voir qu'une charogne enclofe,
Au tombeau du néant, eft encor quelque chôfe.
  Adieu fi tu n'as pû vivre qu'en débauché,
J'ayme mieux que la mort t'arrache du péché.

F I N.

APPLICATION

A cette

FABLE.

L'HISTOIRE nous apprend qu'autrefois Loüis Onze,
D'un cœur plus endurci que Porphire, & que Bronze
Defirant vivre au moins trois cens & foixante ans,
Comme en France a vécu L'Ecuier JEAN des-temps ;
Etant malade au lit il fit venir en Gaule
Un bon Religieux, nommé FRANÇOIS DE PAULE,
Qui n'avoit rien appris pour érudition,
Qu'un métier de bien vivre avec dévotion :
Car la plufpart des gens adonnez à l'étude,
Avec leur grande Barbe, & leur vifage prude,
Font vœu de pauvreté pour atraper du bien,
Sous un prétexte faux, de ne poffeder rien.
Mais luy c'étoit un Sainct de la bonne fabrique,
Sans brigues, fans amis, fans fard, fans Politique,
Simple, non compofé, *bon homme*, s'il en fut,
Qui ne fongeoit, finon, qu'à faire fon falut.
Etant donc arrivé, Sa Majefté s'écrie,
Soyez le bien venu, pour me fauver la vie,
Bon homme affiftez moy dans mon preffant befoin.
    Tout homme vivant n'eft que foin,
Luy replique auffi-toft ce vénérable Hermite,
Le Sauveur des humains veut que fon OINT l'imite.
Mourez, mourez pour luy, puis qu'il eft mort pour vous,
Reclamez fa Bonté, conjurez fon courroux,
Avec un cœur contrit qui luy foit agréable,
Et le Ciel auffi-toft vous fera fecourable,

VOUS

Vous êtes son subjet, il eſt vôtre Seigneur,
Offrez luy, ſans regret, vôtre ame de bon cœur,
Il ne veut ni vos biens, ni vôtre Diadême,
     Il en porte un plus beau luy même :
Quand l'immortal reçoit en grace le mortel,
Ce mortel dans les cieux, devient un immortel,
Les humbles ſont élus, il maudit les ſuperbes,
C'eſt un arreſt préſcrit dans ſes ſacrez proverbes :
RENONCEZ fermement aux pompes de Satan,
Si vous voulez entrer dans le ſein d'ABRAHAM,
Pour chanter dans le Ciel d'éternelles Loüauges
     Au Créateur des Anges,
Qui d'un petit rayon de ſa divinité,
Peut offuſquer l'éclat de vôtre Majeſté,
Et fondre en ce moment, comme un morceau de cire
Cet orgueuil chancelant de vôtre vaſte Empire,
Sire conſolez vous, ne ſongez plus qu'au Ciel,
Invoquez tous les ſainct, reclamez Sainct Michel,
Le ROY luy répondit jeconnois bien, mon Pére !
Que vôtre intention n'a rien que de ſincére,
Mais je ſuis peu preſſé de céder a la mort,
Je vous ay fait venir pour avoir du renfort :
Je ſçay qu'il faut mourir, vous diſant pour ripoſte,
Que je ne veux ſitoſt aller au Ciel en poſte :
Me croiez vous réduit dans les dernieres a bois
Si je n'ay pas encor ſept cent trente deux mois :
De péchez non communs j'ay ſi grande abondance
Qu'il me faudroit mille ans pour faire pénitence :
Prions le Créateur qu'il m'accorde ce temps,
Pour devenir meilleur que tous les pénitents.

    J'ay toûjours reclamé la bonne nôtre Dame,
Bon homme laiſſons la tous vos divins tranſports,
C'eſt aſſez diſcours *de la Santé de l'ame,*
Or parlons maintenant *de la Santé du Corps.*

    N'êtes vous pas mortel, luy dît *l'Anacoréte,*
Et Dieu ue peut-il pas vous appeller a luy :

Dit-

Dittes souventefois *ta volonté soit faite*,
Et je veux, en Crêtien, t'obéir aujourd'huy.

Loüis bien confolé fit une fin Crêtienne,
Rendit fon Ame à Dieu d'un cœur ferme, & conftant,
Et cédant à la mort, étant tout hors d'haleine,
D'une fi belle fin, fon peuple fut contant.

F I N.

Liſte de quelques Livres Nouveaux qui ſe vendent chez Jean du Frêne, Libraire dans la Ruë du Lombart, au Frêne-verd à Amſterdam.

LEs Converſations ſur divers ſujets de Mlle. de Scudery. 12.

Le Soleil Brulant à la veille de s'éclipſer, ou Galie Opera 2.

Le Journal de Hambourg 4 voll. 8.

Expoſition Solide & Hiſtorique de la Religion Chrêtienne. 12.

Le paſſe-tems Royal de Verſailles, ou les Amours ſecrettes de M. de Maintenon 12.

Le Louis d'Or, Politique & Galant. 12.

Panegyrique de Mr. Morus cidevant Paſteur à Charenton. 8.

Recueil d'Airs Serieux Gaillards à Boire & des Opera. 12.

Venus dans le Cloitre, ou la Religieuſe en Chemiſe. 12.

Parodies Bachiques ſur tous les Airs des Opera. 12.

L'Elite des plus belles Chanſons Galantes. 12.

Le Capucin démaſqué, ou le Religieux dans ſon Naturel 12

Facile Introduction aux Langues Françoiſe & Hollandoiſe. 12.

Sermons Catholiques ſur la Morale Chrêtienne, par le P. le Jeune. 7 voll. 12.

Moyen de Parvenir, &c. 12.

Le Coupe-cu de la Melancolie, ou Venus en belle humeur 12.

Salmigondis, ou le Manege du Genre humain. 12.

Idée de la Theologie Payenne, Servant de Refutation au Syſteme de Mr. Bekker, touchant l'Exiſtence & l'Operation des Demons, ou Traitté Hiſtorique des Dieux du Paganiſme. Par Mr. B. * * * 12.

Nouvelle Découverte dans l'Apocalipſe, &c. 8.

Ré-

(15)

Réponse de Mr. Renoult, cidevant Cordelier, & à pré-
sent Ministre du St. Evangile, à son Pere pour se
justifier d'Hérésie, ouvrage dans lequel les Ma-
tiéres de la Religion sont expliquées d'une manié-
re intelligible & de la portée des plus simples, &c.
12.

Le Centre de l'Amour, decouvert soubs divers Emblemes Galants & Facetieux, avec des tailles douces. 4

Sermons en faveurs des Cocus & des Enfans de Bachus, a-
vec la Doctrine Amoureuse du Curé de Colignac. 8

L'Amour enfureur, ou les excés de la jalousie Italien-
ne. 12.

Les faveurs & les disgraces de l'Amour, ou les Amans,
heureux malheureux & trompés, avec fig. 12.

Entretiens d'une Ame devote avec son Dieu. 12.

Methode pour aprendre facilement l'Histoire d'Angle-
terre par Demandes & Reponces.

Le parfait homme de guerre, ou l'Idée du Heros ac-
compli. 12.

Satire contre les femmes de Boileau. 12.
————— Contre les Maris. 8.
————— Contre la Mode. 8.

Le Theatre Italien. 3 voll. 12.

La Politique des Jesuites. 12.

Diverses Comedies & Tragedies.

Testament de Mr. l'Evêque de Chalons avec des Re-
flexions Morales. 8 voll. 12.

La vie plaisante de Lazarille de Tormes, avec fig. 12.

Diverses forte de Livres de prieres à l'usage des Prote-
stans & des Catholiques Romains.

L'Ecole de la Pieté, ou l'art de former les jeunes gens de
l'un & de l'autre sexe à la crainte de Dieu & aux
bonnes mœurs, &c. 12.

Devises & Emblemes de diverses fortes.

Dissertation sur le siecle prochain, & la Resolution du
Probleme, savoir laquelle des deux Années 1700
ou 1701, est la premiére du siecle. 12.

www.ingramcontent.com/pod-product-compliance
Lightning Source LLC
LaVergne TN
LVHW010917180726
843502LV00010B/4175